Sie würde ihn mit Würde tragen – mit der gleichen Würde, die sie bereits beim Auspacken ihres Wichtelgeschenks gezeigt hatte.

„Cheers! Die sind so was von lecker!", prostete ihr Max Schormair mit einer dampfenden Tasse alkoholfreiem Glühwein zu und schob sich gleich zwei ihrer selbst gebackenen Zimtschneckenplätzchen auf einmal in den Mund. Außer einem Weihnachtsmann-Anstecker an seinem mit Schokolade verschmierten Luxusdesignerhemd kam auch er vollkommen neutral daher, genau wie der Rest des Polizeireviers, ob Uniformträger oder nicht. Ihre neuen Kollegen machten ihre dezente Zurückhaltung in Kleidungsdingen aber wett, indem sie lautstark „Last Christmas" von George Michael in der Teeküche mitgrölten. Jule stürzte den letzten Schluck ihres erkalteten Glühweins herunter, als ihr Handy klingelte und Erlösung versprach. Kein Mordfall war so grausam wie diese Weihnachtsfeier.

„Arbeit wartet", wandte sich Jule an Max, nachdem sie aufgelegt hatte, griff nach ihrem Parka und eilte zur Tür.

„Verdacht auf ein Tötungsdelikt im Dahlienweg 13. Einsatzteam ist schon vor Ort."

„Vergiss dein Wichtelgeschenk nicht!", rief ihr der Dienststellenleiter nach, und schon flog das rote Geschenktütchen unter hyänenartigem Gelächter der Anwesenden durch die Luft.

Jule fing es mit einer Hand auf und nahm sich vor, das Ding bei der nächstbesten Gelegenheit in der Mülltonne zu entsorgen.

„Danke euch! Ich liebe nützliche Geschenke!", rief sie sarkastisch und zog sich ihre graue Seemannsmütze über die honigblonden Haare.

Sie lief so schnell, dass Max kaum mithielt, weil er sich gleichzeitig seine Barbourjacke überstreifte und einen Oblatenlebkuchen mit Zuckerüberzug zwischen die Zähne klemmte.

„Letztes Jahr haben sie Lena aus der Dispo eine Bratpfanne geschenkt, weil sie eine Beförderung nicht gekriegt hat. So was finden die eben lustig. Ist nicht persönlich gemeint", nuschelte er am Lebkuchen vorbei.

„Ha. Ha. Ich lach mich tot", antwortete Jule nur, stieg in ihren Wagen und ließ das verhasste Wichtelgeschenk im Handschuhfach ihres schwarzen Volvos verschwinden.

Mit Ende zwanzig war Jule die jüngste Kriminalhauptkommissarin in der Geschichte des Reviers, und ausgerechnet ihr Dienststellenleiter ließ sie jeden Tag spüren, dass er sie für viel zu jung und unerfahren für den Job hielt.

„Hey, hör auf, mein Auto so vollzukrümeln", schnauzte Jule Max an und warf ihm eine Packung Taschentücher in den Schoß, während sie an der Ampel auf Grün wartete.

„Sorry, hatte heute kein Mittagessen und nur einen Kakao zum Frühstück", antwortete Max und stopfte sich ein gefülltes Schokoherz in den Mund.

Seufzend betrachtete Jule die Lichterketten, die über der Straßenkreuzung angebracht waren. Auch der Christkindlmarkt vor der mittelalterlichen Burgkulisse war festlich beleuchtet, doch die Vorweihnachtsstimmung, die Jule so sehr liebte, wollte sich dieses Jahr nicht so recht einstellen. Sie vermisste ihre Familie, Freunde und Hamburg. Außerdem war es, wie schon in den Jahren zuvor, viel zu warm für die Jahreszeit. Von wegen Schneeflöckchen, Weißröckchen – da half auch die stimmungsvollste Beleuchtung nichts.

„Die Nachbarin, eine gewisse Frau Krause, hat die Polizei informiert. Sie hatte sich Sorgen gemacht, weil die Außenjalousien seit zwei Abenden nicht heruntergelassen wurden. Sie wusste, wo der Zweitschlüssel liegt, hat nachgesehen und ihn tot aufgefunden", brachte Jule Max auf den neuesten Stand, während sie in den Dahlienweg einbog und bis zum Ende der Sackgasse fuhr, die an einen Mischwald grenzte und zu einer beschaulichen Siedlung mit schmucken Einfamilienhäusern und gepflegten

Vorgärten gehörte. Jule parkte hinter dem weißen Transporter der Spurensicherung ein. „Laut den Kollegen von der Streife deutet alles auf einen Einbruch hin."

„Ach, du heilige Sch… ", entfuhr es Max, während er mit weit aufgerissenen Augen das Haus Nummer 13 anstarrte.

Dahlienweg 13 war bis auf den letzten Quadratmeter mit Weihnachtsdeko und Weihnachtsbeleuchtung zugepflastert. Den Gartenzaun schmückten rote Kunststoffschleifen, Lichterketten hingen in jeder Hecke und in jedem Busch, umrandeten jedes Fenster, die Dachrinne, den Hausgiebel und den Schornstein. Sogar die Garage, auf deren Dach ein aufgeblasener Schneemann im Wind schwankte, war in bunte Festbeleuchtung gehüllt. Ein Drei-Meter-Weihnachtsmann, der vermutlich zu dem im Vorgarten geparkten XXL–Plastikrentierschlitten gehörte, kletterte mit Geschenken beladen die beige verputzte Hausfassade des schlicht gebauten Einfamilienhauses hoch.

Ho, ho, ho!, schallte es über das Grundstück, als Jule das Gartentürchen öffnete und sich dem Hauseingang näherte, der von zwei mannshohen Zinnsoldaten in roten Uniformen bewacht wurde. Ihr entging nicht, wie vom gegenüberliegenden Haus die Nachbarin jede Bewegung durch die gestärkte Spitzengardine beobachtete. Das musste die Nachbarin sein, die das Opfer gefunden und die Polizei verständigt hatte. Um die würde sie sich später kümmern.

„Kommst du?", rief sie Max zu, der im Vorgarten stehen geblieben war und an den Nadeln einer Tanne zupfte.

„Plastik. Sieht aber aus wie echt", murmelte er, während er ihr ins Haus folgte. Nicht so echt wie der leblose Männerkörper, der am Fuß der Kellertreppe liegt, dachte Jule, während sie die Gummihandschuhe überstreifte und sich über die Leiche beugte, darauf bedacht, nicht in die Lache zu treten, die den haarlosen Kopf umgab wie einen blutigen Heiligenschein.

Das linke Bein des Toten war merkwürdig abgeknickt, wie bei einer Marionette, die jemand achtlos abgelegt hatte. Die Hände waren hinter dem Rücken mit schwarzem Klebeband gefesselt, der Mund ebenfalls mit Klebeband verklebt. Jule ging einmal um die Leiche herum und betrachtete sie aus verschiedenen Blickwinkeln.

„Joachim Peters, 58 Jahre, alleinstehend, Elektriker im Frühruhestand", referierte Max, der so wie Jule Jansson in einem weißen Ganzkörperanzug steckte.

Jule richtete den von der Spurensicherung aufgestellten Scheinwerfer auf das Gesicht des Toten. Es war vollkommen blutverschmiert und an einigen Stellen aufgeschürft. „Vermutlich gestürzt und auf das Gesicht gefallen", schob Max nach. Gestürzt oder geschubst, fragte sich Jule und blickte die steile, braun geflieste Kellertreppe hinauf.

„Können Sie schon etwas zum Todeszeitpunkt sagen?", wandte sie sich an Dr. Stänglein, die Rechtsmedizinerin.

„Die kühlen Temperaturen hier im Keller machen eine genaue Aussage schwierig, ich würde sagen, 36 bis 48 Stunden." „Todesursache ist vermutlich die Kopfwunde, oder?"

„Hier wird es interessant", die Rechtsmedizinerin knipste eine Taschenlampe
an, „die Kopfverletzung ist nur eine
Platzwunde und war nicht tödlich." Sie
beleuchtete die Augäpfel des Toten, die
tief in die Augenhöhlen eingesunken
waren. „Sehen Sie diese winzigen punkt-
förmigen Einblutungen?"

Jule wusste sehr genau, was diese Einblutungen bedeuteten, wollte der
Rechtsmedizinerin aber nichts vorweg-
nehmen.

„Sie deuten auf Ersticken hin", beendete
die Ärztin ihren Satz und knipste die
Taschenlampe aus.

Das Ungetüm aus dunkler Eiche und verzinkten Vitrinen erstreckte sich über die gesamte Länge des Wohnzimmers. Jede einzelne Schublade stand offen und war durchwühlt, alle Schranktüren aufgerissen, gesplittertes Glas bedeckte den Boden, dazwischen zerbrochenes Porzellan und jede Menge Papiere und Ordner, die teils aufgeschlagen auf dem Boden lagen, aber keine Fotos. Auch keine Fotos an den Wänden, nur ein einziger Kunstdruck von einem Hirsch im Morgenlicht zierte die weiße Raufasertapete. Auf einem Tischchen mit eingearbeitetem Schachbrett bot der weiße Turm dem gegnerischen König Schach. Mitarbeiter der Spurensicherung wuselten überall herum, machten Fotos, nahmen Fingerabdrücke und sicherten Beweismaterial in durchsichtigen Plastiktütchen. Das Haus und die Inneneinrichtung waren zwar gepflegt, es schien aber seit den 1980er-Jahren nichts verändert worden zu sein.

„Ein ganz klarer Fall von Raubüberfall", reimte Max grinsend und kaute mit offenem Mund auf seinem Zahnpflegekaugummi herum, während er das klaffende Loch in der verglasten Terrassentür begutachtete.

Jule atmete genervt aus. Max war kein Jahr jünger, hatte aber die doppelte Ladung Selbstsicherheit vom Schicksal mitbekommen, denn sein Vater war irgendein hohes Tier in der Bayerischen Staatskanzlei. Für Zweifel war bei Max kein Platz, doch genau der Zweifel machte aus einem mittelmäßigen Ermittler einen ausgezeichneten, wusste Jule, während ihr prüfender Blick die aufgeschlagenen Ordner und verstreuten Papiere streifte und an einer umgestürzten Stehlampe hängen blieb, die merkwürdig schief in einem Benjaminbaum steckte, ebenso wie die im Zimmer verstreuten Sofakissen irgendwie drapiert wirkten.

Auf der Kommode im Flur fand Jule mehrere ungeöffnete Briefe: eine Stromrechnung, Lottowerbung und einen Brief, der nicht an Joachim Peters, das Opfer, sondern an einen gewissen Marcel Rabens adressiert war. Ein Inkassobüro mahnte eine ausstehende Handyrechnung mit 100 % Mahngebühr an. Jule machte ein Handyfoto des Briefes, schickte es an Max und zwängte sich an einem Mitarbeiter der Spurensicherung vorbei zur Treppe, die in den ersten Stock führte.

„Marcel Rabens? Was soll ich damit?", rief Max kaugummikauend.
„Rausfinden, wer das ist! Was sonst!", antwortete Jule und blieb stehen, weil sich ihr ein Polizeibeamter mit einem Schnurrbart wie ein Eichhörnchenschweif auf der Treppe in den Weg stellte.

„Servus, Kollegen. Huber, mein Name, von der Polizeiinspektion Mitte. Ich glaube, ich kann dem Fräulein Kriminalhauptkommissarin weiterhelfen", sagte er buchstäblich von oben herab.
Jule spürte die Spitze bis tief hinein in ihre Magengrube, ließ sich aber nicht das Geringste anmerken, während sie ihm ein handgeschriebenes Schriftstück, das in einem Beweissicherungstütchen steckte, aus der Hand zupfte.
Jule öffnete das Plastiktütchen und faltete das Schriftstück auseinander. Max, der mitlas und dessen Kopf ihren fast berührte, stieß einen leisen Pfiff aus.

„Ein Testament ... ‚Alleinerbe mein geliebter Neffe und einziger noch lebender Verwandter Marcel Maria Rabens'", las Max laut vor „‚Haus Dahlienweg 13 ... mein gesamtes Kapitalvermögen, angelegt in folgenden Fonds und Aktien ... sowie meine Bankguthaben ... aktueller Gesamtwert 493 600 Euro.' Datiert auf vorgestern!"

„Weißt du, was das bedeutet?", wandte sich Max an Jule. „Dieser Marcel Rabens ist seit Samstag Millionär! Allein das Grundstück, auf dem das Haus steht, ist fast eine halbe Mille wert."

„Menschen sind schon für bedeutend weniger Geld aus dem Weg geschafft worden", mischte sich Huber ein, während er sich über seinen rotbraunen Schnurrbart strich, der wie gefärbt aussah.

Jule blickte an Huber vorbei in ein leer stehendes Zimmer auf der ersten Etage und wies ihn mit einer Kinnbewegung an, sie vorbeizulassen, was er auch sofort tat.

„Sichern Sie die Briefe auf der Kommode und lassen Sie die Einbruchspuren an der Terrassentür von einem Experten überprüfen", wies sie Huber an, während sie seinen pikierten Gesichtsausdruck genoss, denn bei „Fräulein" war sie stets nachtragend.
„Max. Du lässt das Handy von diesem Rabens orten."

ÖFFNE DIE NÄCHSTE SEITE →

Durch das gekippte Fenster hörte Jule den kurzen Ruf einer aufgescheuchten Amsel. Sie atmete die nach Baumharz duftende Waldluft ein und sah sich im Zimmer um. Das Einzelbett war bis auf die nackte Matratze abgezogen, drei Buchregale, die vom Boden bis zur Decke reichten, waren leer geräumt. An der Wand hing ein Poster, das den Planeten Erde auf schwarzem Hintergrund zeigte.

Jule fuhr mit dem Zeigefinger über den Schreibtisch, der vor dem Fenster stand und einen idyllischen Ausblick auf das angrenzende Waldstück bot, dessen Baumspitzen sich schwarz gegen den vom aufgehenden Mond beleuchteten Nachthimmel abhoben. Kaum Staub, stellte sie fest, während sie Daumen und Zeigefinger aneinanderrieb. Der Auszug dürfte erst vor wenigen Tagen erfolgt sein.

Bis auf zwei Umzugskartons, die mitten im Raum standen, deutete nichts mehr auf den ehemaligen Mitbewohner hin. Jule öffnete einen der Kartons, obenauf lag ein zoologisches Lehrbuch, ein Wälzer, der sich auf 758 Seiten ausschließlich Insekten widmete und Marcel Rabens gehörte, wie der Buchstempel auf der Innenseite des Buchdeckels verriet.

Da drangen von außen plötzlich die Klänge einer weltbekannten Melodie in das Zimmer.

8

Nicht nur Jule und Max, auch mehrere Mitarbeiter der Spurensicherung, sogar die Rechtsmedizinerin und einige Nachbarn hatten sich draußen versammelt und beobachteten fasziniert das Spektakel, das sich ihnen bot. Zu den Klängen von Queens „Bohemian Rhapsody" erstrahlte der Dahlienweg 13 in einer atemberaubenden Lichtshow, die Las Vegas in nichts nachstand. Animierte LED-Lichter an den Fenstern formten Augen und einen Mund und erweckten so den Eindruck, als ob das Haus selbst zum Leben erwacht sei. *Goodbye everybody, I've got to go! Gotta leave you all behind and face the truth,* schallte es aus den Lautsprechern, während der Lichtermund des Hauses sich perfekt synchron dazu bewegte und die Lichterketten an Haus, Zaun, Bäumen und Sträuchern im Takt der Musik in verschiedenen Farben aufleuchteten.

Jule ließ ihren Blick über die Anwesenden schweifen, die teils kopfschüttelnd, teils begeistert, aber niemals gleichgültig zuschauten.

Besonders ein Mann fiel Jule auf, der mit Tränen in den Augen der Weihnachtsshow folgte. Er war mittleren Alters, sein mausbraunes Haar lichtete sich am Hinterkopf und erinnerte Jule an eine Tonsur, wie sie Mönche trugen.

„Marcel Rabens?", wandte sich Jule an ihn. Der Mann stutzte und sah Jule überrascht an, während sie ihm ihren Dienstausweis entgegenstreckte, den er mit einem Nicken registrierte.
„Nein. Nur ein Freund", antwortete er, ließ seine Hände tief in die Taschen seines knielangen, ausgebeulten dunkelblauen Wollmantels gleiten und blickte wieder zum Haus, dessen Lichtshow

sich in bunten, flackernden Farben auf sein Gesicht legte.

„Wie heißen Sie? Kannten Sie Herrn Peters gut?"

„Ich glaubte, ihn gut zu kennen", beantwortete er Jules zweite Frage, ohne sie anzusehen, und begann kaum hörbar mitzusingen.

Jule schlang fröstelnd ihre Arme um den Körper. Plötzlich erstarb das Lied und Haus und Garten lagen in völliger Dunkelheit.

„Menno! Das ist so gemein. Ich hab mich schon den ganzen Tag darauf gefreut. Und jetzt das!", hörte Jule eine Jungenstimme und drehte sich nach ihr um. Hinter ihr standen zwei Jungen, Zwillinge, Jule schätzte sie auf ungefähr zehn Jahre. Sie schauten sich enttäuscht an und stiegen auf ihre Fahrräder.

„Ich kann mir schon denken, wer Herrn Peters um die Ecke gebracht hat", antwortete der zweite und folgte seinem Bruder in die Einfahrt des Nachbarhauses.

Jule sah den beiden nach und bemerkte am Fenster gegenüber die Dame, die Herrn Peters gefunden hatte. Und dass die Frau in fortgeschrittenem Alter eine Dame war, erkannte Jule auf den ersten Blick. Bevor sich Jule ihr widmen würde, wollte sie nur noch die Befragung des Mannes, mit dem sie eben noch gesprochen hatte, beenden und seine Personalien aufnehmen – doch er war nicht mehr da. Jule blickte sich um. War er vielleicht in einem der Nachbarhäuser verschwunden? Oder gar im angrenzenden Wald? Sie lief die Sackgasse ab, doch vergebens, der Mann war weg.

Auch sie hatte am Fenster gestanden und die allabendliche Darbietung ihres Nachbarn gesehen. Zum allerletzten Mal. Jetzt, da endgültig der Stecker gezogen war, das letzte Licht für immer verloschen, erfüllte sie fast so etwas wie Wehmut. Sie seufzte und rückte das Jesuskind in der geschnitzten Krippe auf seinem Strohbett zurecht. Noch ein paar Tage, dann würde wieder Ruhe in den Dahlienweg einkehren und alle könnten sich wieder ihrem Alltag zuwenden. Und in ein paar Jahren würde sich kaum mehr jemand an diese furchtbare Geschichte erinnern wollen.

Sie strich zärtlich über das schneeweiße Fell ihres Pekinesen-Dackel-Mischlings. Wer wohl die neuen Nachbarn sein werden? Hoffentlich keine Familie mit solch ungezogenen und vorlauten Gören wie die Zwillinge von gegenüber. Ständig hatten sie irgendeinen Unsinn im Kopf! Sogar unschuldigen Tieren spielten sie ihre Streiche! Dabei hatte Flocki schon genug durchmachen müssen. Am liebsten wäre ihr jemand auf ihrem Niveau. Ein gut situierter, alleinstehender Akademiker vielleicht, der die Oper liebte, so wie sie. Oder ein vermögender Privatier, der gern verreiste und mit dem sie ferne ... „Nein! Berta, hör auf. Mit Männern bist du fertig, das hast du dir geschworen! Möge Manfred in Frieden ruhen", ermahnte sie sich und lief zurück in die Küche, wo der Stollen darauf wartete, aus dem Ofen geholt zu werden. Da fiel ihr wieder ein, was sie schon längst erledigt haben wollte. In der Küche angekommen, hatte sie es jedoch schon wieder vergessen. Sie ging ein paar Schritte zurück, in der Hoffnung, es würde ihr wieder einfallen, da klingelte es an der Tür.

Während sie ihre Küchenschürze ablegte und ein letztes Mal den Sitz ihrer Frisur im Spiegel kontrollierte, fragte sie sich, was es wohl war, das sie auf keinen Fall vergessen durfte. Es war sehr wichtig, das wusste sie noch genau.

Dr. Krause

10

Jule drückte bereits zum zweiten Mal auf das Klingelschild aus Messing, das mit „Dr. Krause" beschriftet war, und ärgerte sich immer noch über sich selbst. Wie hatte sie den Mann bloß aus den Augen verlieren können! Das würde ihr der Dienststellenleiter garantiert noch Jahre vorhalten.

„Der Neffe des Opfers ist immer noch im Dahlienweg gemeldet, aber die Genehmigung für die Handyortung zieht sich", sagte Max, während er seinen Zahnpflegekaugummi in ein Papiertaschentuch wickelte und in die Hosentasche schob.

„Ho, ho, ho!", tönte es, als Joachim Peters' aufgebahrte Leiche das Gartentürchen des gegenüberliegenden Hauses,

vom Dahlienweg 13, passierte und den batteriebetriebenen Mechanismus auslöste.

„Das ist ja nicht auszuhalten. Kann jemand das Ding endlich mal ausschalten!", schrie Jule über die Straße und bemerkte die Zwillinge, die zurückgekehrt waren und jeden Vorgang neugierig beobachteten.

Fast im gleichen Augenblick wurde die rot lackierte Tür, an der ein schlichter Weihnachtskranz aus grünen Tannenzweigen und Kiefernzapfen hing, von einer elegant gekleideten Dame in einem karamellfarbenen Strickkleid geöffnet.

„Vielen Dank. Das lag auch mir schon lange auf dem Herzen", sagte sie lächelnd und verfolgte über Jules Schulter hinweg, wie die Bahre mit dem Leichensack in einen Transporter geschoben wurde, während ihr Hund schwanzwedelnd Max' Hosenbeine beschnupperte und ihn wie einen lang vermissten Freund begrüßte.

Jule stellte fest, dass alles an dieser Frau perfekt harmonierte. Alles, bis auf die Pantoffeln, denn die waren verschiedenfarbig. Als sie wieder aufblickte, war das Lächeln der Dame erloschen und ihr Blick an Jules Brust geheftet, wo auf tannengrünem Hintergrund das göttliche Geburtstagskind von seiner Torte naschte und goldene Lamettabuchstaben im Wind flatterten.

Ho, ho, ho!

„Wann haben Sie Herrn Peters zum letzten Mal lebend gesehen?", wandte sich Jule an Frau Krause, während Max den Plätzchenteller auf dem Couchtisch observierte.

Frau Krause lehnte sich auf dem weißen Ledersofa zurück, genau zwischen zwei mit weihnachtlichen Motiven bestickten Kissen, die aufgereiht wie Soldaten in gleichen Abständen auf dem Sofa arrangiert waren, und drehte nachdenklich an einem Brillantring an ihrem Mittelfinger, der sicher mehr gekostet hatte als Jules acht Jahre alter Volvo. Ein großer Stein in der Mitte, flankiert von mehreren kleineren in doppelter Reihe, die im Kerzenschein des Adventskranzes um die Wette funkelten.

„Am Samstag, um 15 Uhr. Ich habe Herrn Peters einen Teller selbst gebackener Plätzchen vorbeigebracht", antwortete sie und kraulte ihren Hund, der zu ihren Füßen lag, zwischen den Ohren, während Flocki mit hellblauen Augen und leichtem Silberblick treuherzig zu ihr aufschaute.

„So einen Teller?", Jule zeigte auf den Plätzchenteller.

Frau Krause blickte kurz irritiert, doch dann hellte sich ihr Gesicht auf und sie antwortete lächelnd: „Ja, genau wie der da", und an Max gewandt: „Greifen Sie ruhig zu."

Frau Krause schob Max den Plätzchenteller rüber, der ließ sich nicht zweimal bitten und nahm sich mehrere Plätzchen

auf einmal. Kopfschüttelnd schickte Jule eine Nachricht an die Rechtsmedizinerin, in der sie darum bat, ihr die Analyse des Mageninhalts zu schicken. Kaum hatte sie ihr Handy weggesteckt, bemerkte sie Frau Krauses versteinerten Blick, der auf die letzten drei übrig gebliebenen Plätzchen gerichtet war.

„Max!", zischte Jule, der sich prompt an einem Plätzchen verschluckte und furchtbar zu husten begann und so Frau Krause aus ihrer Starre löste. Sie sprang auf, verschwand mit dem Plätzchenteller in der Küche und kam wenig später mit einem Glas Wasser für Max wieder zurück.

Frau Krause setzte sich mit geradem Rücken auf das Sofa, faltete ihre Hände im Schoß und sah Jule und Max, die ihr gegenübersaßen, gefasst an.

„Haben Sie am Samstag etwas Verdächtiges beobachtet?", setzte Jule ihre Befragung fort.

„Nein. Gar nichts", antwortete sie, ohne zu zögern.

„Was war Herr Peters für ein Mensch?"

„Eigenbrötler. Wortkarg. Junggeselle. Man hat sich gegrüßt."

„Trotzdem brachten Sie ihm am Samstag Plätzchen vorbei?"

„Wir sind bereits über dreißig Jahre lang Nachbarn. Und ist Weihnachten nicht das Fest der Nächstenliebe?"

„Wie verstand sich Herr Peters mit seinem Neffen? Gab es vielleicht Streit zwischen den beiden?"

„Das kann ich mir nicht vorstellen. Herr Rabens ist ein ganz anständiger junger Mann. Bringt mir stets vom Wochenmarkt was mit, und wenn es etwas zum Reparieren gibt, kann ich ihn immer fragen." Sie zeigte auf das Tischbein des Couchtischs „Reparieren ist besser für die Umwelt, sagt er immer. Ihm liegt die Natur sehr am Herzen. Und intelligent ist er auch, er schreibt gerade seine Doktorarbeit."

Jule nickte und beschrieb Frau Krause den Mann, den sie vor Dahlienweg 13 getroffen und dann aus den Augen verloren hatte.

„Den Herrn kenne ich. Der war oft drüben zu Besuch. Jahrelang stand er jeden Mittwochabend bei Herrn Peters vor der Tür. Immer um halb sechs. Bis vor ...", sie kniff die Augen zu zwei schmalen Schlitzen zusammen und blickte zur Seite, „das letzte Mal am Mittwoch vor Allerheiligen, danach nicht mehr. Aber seinen Namen?" Sie zuckte mit den Schultern und sah Jule mit zusammengezogenen Augenbrauen an. „Er wohnt im Kiefernweg 6. Da bin ich mir ganz sicher! Durch den Wald sind es keine fünf Minuten zu Fuß."

Jule atmete erleichtert auf, manchmal gehört eine aufmerksame Nachbarin auch zu einer erfolgreichen Mordermittlung.

„Brennt da etwas an?" Max schnupperte in die Luft.

„Oh nein! Mein Marzipanstollen!", rief Frau Krause, sprang auf und eilte, dicht gefolgt von Max und Jule, in die Küche, die bereits von schwarzem Rauch erfüllt war.

Max riss das Fenster auf, Frau Krause holte das Backblech mit dem verkohlten Stollen aus dem Ofen und bat Jule, den Komposteimer für den Biomüll zu öffnen. Jule hob den Deckel an, und Frau Krause ließ den Stollen vom Backblech auf einige zerbrochene Plätzchen rutschen, dabei fiel ihr das Backblech aus der Hand und knallte mit einem ohrenbetäubenden Scheppern auf die Küchenfliesen. Ihr schneeweißer Hund, der direkt danebenstand, zuckte nicht einmal. Frau Krause bemerkte Jules verwunderten Blick.

„Flocki ist taub. Und sehen kann er auch kaum was, der Arme", erklärte sie und hob ihn hoch. „In allerletzter Sekunde habe ich ihn aus Morpheus' Fängen gerettet. Man wollte ihn wegen seines Albinismus einschläfern. Unvermittelbar, hieß es im Tierheim. Jetzt sind wir unzertrennlich, Flocki folgt mir auf Schritt und Tritt." Hund und Frauchen blickten sich tief in die Augen. „Wir haben uns gefunden. Ist es nicht so, mein Liebling?", flüsterte Frau Krause und drückte ihre Wange auf die feucht glänzende, rosa Hundeschnauze.

Jule und Max leuchteten den schmalen Trampelpfad im Wald mit der Taschenlampen-Funktion ihrer Handys aus und achteten darauf, in keinen der zahlreichen Hundehaufen zu treten, die wie Tretminen den vereisten Waldweg säumten.

Herr Gabriel, so stand es auf dem Klingelschild, öffnete die Tür, trat wortlos einen Schritt zur Seite und ließ sie eintreten. Er hatte die Polizei bereits erwartet und entschuldigte sich bei Jule für sein plötzliches Verschwinden.

„Joachims Tod trifft mich sehr, er war einer der wichtigsten Menschen in meinem Leben", sagte er, ließ sich auf einen Stuhl fallen und stützte sich mit überkreuzten Unterarmen auf dem Küchentisch ab.

„Was ist in der Woche vor Allerheiligen zwischen Ihnen und Herrn Peters vorgefallen?", fragte Jule, die stehen geblieben war, während sich Max ungebeten zu Herrn Gabriel an den Küchentisch setzte.

„Woher wissen Sie …", begann er und sah sie mit weit aufgerissenen Augen an.

„Das ist unser Job. Und den nehmen wir sehr ernst", sagte Max, der sich im Stuhl zurückgelehnt hatte und mit halb geschlossenen Lidern in den Bauch atmete. „Sie besuchen ihn jahrelang jeden Mittwoch um halb sechs … "

„Schach. Wir haben uns zum Schach verabredet", unterbrach er Max hastig und begann seine Finger zu kneten.

„Und warum haben Sie damit aufgehört?", fragte Jule, doch sie bekam keine Antwort.

„Was meinten Sie damit, Sie glaubten, ihn zu kennen?", versuchte es Jule erneut und wurde zunehmend ungeduldiger.

Ihr fiel auf, dass die Küchentür verbreitert und barrierefrei gestaltet war. „Herr Gabriel. Sie trauern um einen guten Freund. Das verstehe und respektiere ich", fuhr Jule fort. „Ich würde Ihnen gern die Zeit geben, die Sie brauchen – aber unsere Aufgabe ist es, seinen Mörder zu finden!"

Herr Gabriel stand auf, ließ sich ein Glas Leitungswasser ein, das er in einem Zug leerte, und setzte sich wieder.

„Können Sie mir versprechen, dass meine Frau von dem, was ich Ihnen jetzt erzählen werde, nichts erfährt?", fragte er mit heiserer Stimme.

Joachim und ich ... wir ... Es fing alles ganz harmlos an ... mit einem Stromausfall, den Jo, ich meine, Herr Peters, in Ordnung gebracht hat. Ich habe mich dann etwas später mit einer Flasche Wein und einem Gutschein bei ihm bedankt, und so ...“

„Herr Gabriel, bitte, was wollen Sie uns damit sagen?“, fiel ihm Max, dessen Gesicht teigig im Schein der grellen Küchenlampe glänzte, unwirsch ins Wort.

Jule warf Max einen eindeutigen Blick zu, der ihn sofort verstummen ließ, und setzte sich auf den noch freien Stuhl. Sie nahm sich ganz zurück, ließ Herrn Gabriel den Raum, den er brauchte. „Bitte, nehmen Sie sich Zeit. Das ist völlig in Ordnung.“

Er nickte und atmete einmal tief durch.

„Joachim und ich ... wir haben uns geliebt.“

„Verstehe.“ Sie machte eine kurze Pause. „Sie sagten, Sie glaubten, ihn zu kennen. Was meinten Sie damit?“

„Joachim wollte keine Affäre mehr, er wollte, dass ich meine Frau verlasse und eine Beziehung mit ihm führe. Sogar heiraten wollte er mich. Ich lehnte ab und dann hat er mich verlassen. Einfach so. Nach fast vier Jahren. Er hatte überhaupt kein Verständnis für meine Situation.“

„In der Woche vor Allerheiligen?“, fragte Jule. Herr Gabriel nickte.

„Meine Frau leidet an Multipler Sklerose. Es ist nur eine Frage von Monaten, bis sie auf den Rollstuhl angewiesen ist. Das Haus ist bereits umgebaut. Ich kann meine Frau nach über dreißig Jahren nicht allein sitzen lassen? Nicht in ihrem Zustand! Aber Joachim wollte das nicht verstehen, hat gesagt, er will mich ganz oder gar nicht.“

„Und Marcel Rabens? Sein Neffe? Wusste er von Ihrem Verhältnis und den Heiratsplänen seines Onkels?"

Herr Gabriel zuckte mit den Schultern.

„Falls er es wusste, hat er sich nichts anmerken lassen."

„Wie würden Sie das Verhältnis zwischen Joachim Peters und seinem Neffen beschreiben?"

„Gut. Ab und zu gab es ein paar Reibereien, aber das ist doch ganz normal, wenn man zusammenlebt. Marcel ist sehr umweltbewusst und versuchte Joachim ständig zu erziehen. Machte ihm seinen Sonntagsbraten madig und hielt ständig ungefragt Vorträge über das Klima. Das nervte ihn etwas."

„Woher wussten Sie von Herrn Peters' Tod?"

„Von meiner Frau, sie hat es von einer Nachbarin gehört."

„Ahnt Ihre Frau …?"

Herr Gabriel schüttelte heftig den Kopf.

„Nein! Natürlich nicht!", und schob nach kurzem Zögern nach: „Jedenfalls hat sie nie gefragt."

„Wo waren Sie von Freitag bis Samstag?" Er sah Jule fassungslos an.

„Nein! Sie denken doch nicht, dass ich … niemals! Ich habe ihn doch geliebt!"

„Ich muss Sie das fragen", bestand Jule auf einer Antwort.

„Heidrun war einen Monat auf Reha, ich habe sie begleitet. Wir sind erst vor wenigen Stunden auf dem Münchner Flughafen gelandet."

Herr Gabriel legte die Flugtickets auf den Küchentisch. Jule hörte, wie sich ein Schlüssel im Haustürschloss drehte.

„Bin wieder daheim, Schatz", trällerte es im Flur. „Ich habe alles bekommen. Kommst du und hilfst mir bitte?"

15

Aus dem oberen Stockwerk war Babygeschrei zu hören. Die Zwillinge lümmelten in Schlafanzügen auf der Couch, die voller Spielzeug war, und lachten sich über eine „Tom und Jerry"-Folge schlapp. Der Weihnachtsbaum in der Ecke war überladen mit selbst gebastelten Anhängern und erinnerte Jule an ihre eigene Kindheit.

Noch wanden sich die Antworten von Joachim Peters' geheimer Liebe in ihren Gehirnwindungen und die Rolle, die die Ehefrau wohl gespielt haben mochte. Wäre es nicht möglich, dass sich die betrogene Ehefrau und der Neffe, der um sein Erbe fürchtete, zusammengetan haben? Der Tod von Joachim Peters hatte schließlich beiden genützt. Die Ehefrau brauchte nicht mehr um ihre Ehe zu bangen und der Neffe nicht mehr um sein Erbe. War es möglich, dass das Testament gefunden werden sollte?

„Ich habe schon mehrere Nachrichten für Marcel hinterlassen, aber er meldet sich einfach nicht zurück", sagte Herr Fleischmann, der Vater der Zwillinge, und zwang Jule, sich auf eine neue Befragung zu konzentrieren.

Das Geschirr vom Abendessen mit Nudelresten in Tomatensauce stand noch auf dem Tisch und ein Teller mit Butterplätzchen, die mit bunten Zuckerstreuseln bestreut waren, die Max jedoch keines Blickes würdigte. Er war ganz blass um die Nase und beteiligte sich nicht an der Zeugenbefragung.

„Herr Rabens ist vor Kurzem ausgezogen. Wissen Sie, weshalb?", fragte Jule. Herr Fleischmann rieb sich über die Bartstoppeln seines Kinns und schüttelte den Kopf. „Es gab am Samstag wohl Streit zwischen den beiden", und schob sofort nach: „Ich weiß, wie sich das anhört, aber Marcel könnte keiner Fliege was zuleide tun!"

„Doch, kann er! Er spießt sie auf!", rief einer der Jungs dazwischen und erntete einen strengen Blick vom Vater.

Plötzlich stand Max auf und verließ ohne ein Wort das Haus. Jule blickte ihm irritiert nach, bevor sie zu ihrer nächsten Frage ansetzte: „Frau Krause … "

„Hexenberta! Hexenberta!", riefen die Zwillinge im Chor.

„Schluss jetzt! Das reicht! Ab mit euch ins Bett!", ging ihr Vater dazwischen, stand auf und nahm ihnen das Tablet weg, auf dem sie ihre Zeichentrickserie geschaut hatten.

Herr Fleischmann hatte Kriminalhauptkommissarin Jule Jansson gebeten, in einer Dreiviertelstunde noch mal vorbeizukommen, dann wären alle Kinder im Bett und Ruhe eingekehrt. Jule hörte, gegen ihren schwarzen Volvo gelehnt, wie sich Max hinter einer Hecke erbrach, und wunderte sich ein wenig über die Kapitulation seines Magens. Wer seinen Arbeitstag gerne mit zwei Schweinebratensemmeln begann und Leberkässemmeln als Snacks bezeichnete, den sollten selbst Unmengen von Plätzchen und Lebkuchen nicht dermaßen überfordern, sinnierte sie. Eine Sprachnachricht der Rechtsmedizinerin traf mit einem Ping auf ihrem Handy ein. Jule stöpselte sich die Kopfhörer in die Ohrmuscheln und spielte die Sprachnachricht ab:

„Dr. Stänglein hier. Ich konnte den Todeszeitpunkt auf Samstag zwischen 15 Uhr und 18 Uhr eingrenzen. Auch gab es keine toxikologischen Auffälligkeiten. Wie wir bereits wissen, war die Todesursache nicht die Kopfwunde, sondern das Opfer ist erstickt. Aber hier kommt es: Jemand hat das Klebeband nach, ich betone, nach dem Sturz auf den Mund geklebt und fest aufgedrückt. Ich schicke Ihnen ein paar Fotos durch und die Auflistung des Mageninhalts. Und noch etwas: Der Mann hatte Bauchspeicheldrüsenkrebs im Endstadium. Er wäre in den nächsten zwei bis drei Wochen mit großer Sicherheit daran gestorben."

Kaum hatte Jule die Nachricht der Rechtsmedizinerin zu Ende gehört, rollte das Elektroauto eines Car-Sharing-Anbieters fast lautlos an ihr vorbei und hielt vor Dahlienweg 13. Jule ahnte sofort, wer das sein musste.

arcel Rabens kam Jule bereits viel zu nah, so nah, dass sie den Drang, nach hinten auszuweichen, unterdrücken musste.

„Wie ist er gestorben? Musste er leiden?", hauchte er und musterte Jule so durchdringend durch seine verrutschte Nickelbrille, dass es ihr die Nackenhaare aufstellte.
„Das kann ich Ihnen nicht beantworten", wich Jule mit fester Stimme aus und stellte sofort ihre nächste Frage.
„Wie gut kannten Sie Frau Gabriel?"
„Wen? Die kenn ich nicht!"
„Die Ehefrau von Stephan Gabriel."

Er schnalzte mit der Zunge, und ohne dass er es sagte, war sich Jule ganz sicher, dass er ganz genau wusste, dass das Mordopfer seinen langjährigen Freund nicht nur zum Schachspielen traf.

„Worauf wollen Sie hinaus, Frau Kriminalhauptkommissarin? Glauben Sie, mein Onkel wurde das Opfer einer eifersüchtigen Ehefrau?"
„Wo waren Sie am Samstag zwischen 15 und 18 Uhr?"

Jule bemerkte die Schweißtropfen, die Marcel Rabens trotz der Kälte die Schläfen entlangrannen und sich in seinem hellbraunen Vollbart sammelten.
„Hier im Wald und danach im Labor. Meine Zeugen? Ein Waldameisenvolk. Ich bin Myrmekologe. Ameisenforscher."

„Sie hatten vorgestern Streit mit Ihrem Onkel. Warum?"

„Ja, wir hatten Streit." Er schnaubte aus und blickte, die Hände tief in den Hosentaschen vergraben, auf die Straße, wo im Schein der Straßenlampen Eiskristalle glitzerten.

„Anfang November fing er an, diese verrückte Weihnachtsshow aufzubauen." Er machte eine abwertende Handbewegung. „Jeden verdammten Tag hat er was Neues angeschleppt. Jedes Mal habe ich ihm versucht zu erklären, wie sehr er damit der Umwelt und dem Klima schadet. Aber er wollte einfach nicht auf mich hören. Und am Samstag, er hat im Morgengrauen den Schneemann aufgeblasen, ist mir dann der Kragen endgültig geplatzt und ..."

„... und dann haben Sie ihn umgebracht", beendete Jule seinen Satz, nur um seine Reaktion zu testen und in der Gewissheit, dass Max noch immer hinter dem Busch stand, wenn auch nicht voll handlungsfähig.

„Nein! Ich bin doch kein Mörder! Ich bin ausgezogen!"

„Mir liegt der Umweltschutz und der Kampf für eine klimagerechte Welt sehr am Herzen – aber ich bringe deshalb doch nicht meinen Onkel um!", rief Rabens aufgebracht. Jule bemerkte, wie Max hinter dem Busch hervorschwankte und sich mit den Armen wie ein Seiltänzer ausbalancierte.

„Mir ist so was von übel. Tut mir leid, Boss …". Jule eilte ihm entgegen, half ihm auf den Beifahrersitz ihres Volvos, bat ihn inständig, sich nicht im Auto zu übergeben, und rief ihm ein Taxi, bevor sie sich wieder an Rabens wandte.
„Macht ja auch wenig Sinn, einen Mann umzubringen, der in spätestens drei Wochen sowieso das Zeitliche segnen wird."

Marcel Rabens hielt inne, und wieder spürte Jule dieses Unbehagen, dieses unbestimmte Gefühl, als ob dieser Rabens sie wie eine seiner Ameisen durch ein Mikroskop betrachtete. Sie fuhr fort: „Ihr Onkel litt an Bauchspeicheldrüsenkrebs im Endstadium."
Rabens sackte auf den Gehsteig und blickte ins Leere.
„Krebs? Jetzt macht alles, absolut alles einen Sinn."
„Was meinen Sie damit, Herr Rabens? Alles macht einen Sinn?"
„Mein Onkel sagte, er wolle der Welt ein Vermächtnis hinterlassen, etwas, was er mit eigenen Händen erschaffen hat und die Menschen an ihn erinnern würde."
Rabens vergrub sein Gesicht in beide Hände und begann zu schluchzen.

★ 18. DEZEMBER ★

„Dieses ganze Weihnachtsgedöns, das war seine Art, Abschied zu nehmen! Ich Idiot!“

Rabens schluchzte immer noch, nachdem Max bereits ins Taxi eingestiegen war, und Jule fragte sich, ob das die Tränen eines Mörders waren, der nicht seine Tat bereute, sondern nur sein schlechtes Timing.

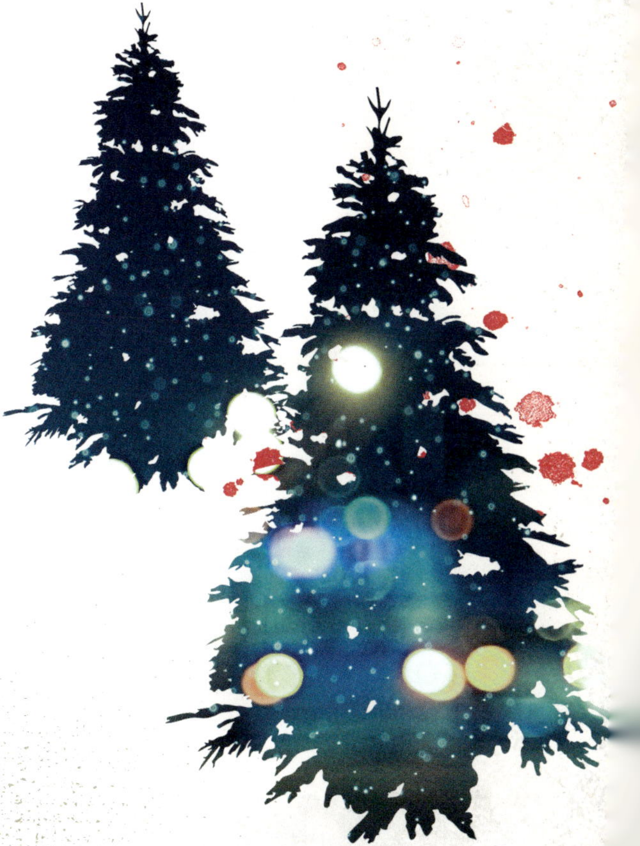

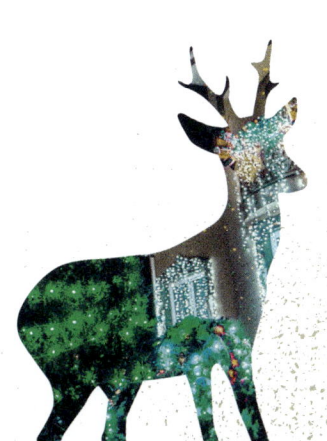

19

„Sagen wir mal so, wir haben mit Frau Krause nie sehr viel zu tun gehabt", beantwortete Herr Fleischmann Jules Frage, während er sich zu seiner Frau auf das mit Spielzeug übersäte Sofa setzte. „Hast du vergessen, was letzte Woche los war?", wandte sich seine Frau überrascht an ihn und sah danach Jule an.

„Sie hat sich aufgeregt, weil Jan und Julius ihren Hund gestreichelt haben, hat gesagt, das würde ihr Tier verängstigen! So ein Quatsch!". Sie verschränkte die Arme ineinander und schüttelte verärgert den Kopf. „Und einen Tag später klingelt sie wieder bei uns und beschwert sich darüber, dass wir im Winter grillen und der Grillgeruch zu ihr rüber- zieht. Ich habe ihr gesagt, sie hätte die Fenster doch im Winter sowieso ge- schlossen – da rümpfte sie nur die Nase und antwortete, dass es keine Rolle spiele, weil man im Winter nicht grillt!"

„Frau Krause ist schwierig, aber im Grunde in Ordnung", mischte sich Marcel Rabens ein, der in der halb offe- nen Terrassentür stand und rauchte. „Deshalb habe ich ihr hier und da auch mal geholfen."
Er blies den Rauch in die Nacht, drückte seine Zigarette aus und zog die Terras- sentür zu.

„Und wie war das Verhältnis zwischen Ihrem Onkel und Frau Krause?", fragte Jule und bemerkte einen Schatten, der über den Rasen huschte, Richtung an- grenzendes Grundstück, Richtung Dahlienweg 13 …

„Die beiden haben schon seit Jahren kein Wort gewechselt …"
„Warten Sie hier!", unterbrach Jule Rabens, öffnete die Terrassentür und nahm die Verfolgung auf.

Der Ruf eines Waldkauzes hallte durch die Winternacht, während Jule dem Schatten lautlos bis in den hinteren Teil des Gartens folgte.

An die Hauswand des Hauses Dahlienweg 13 gepresst, hörte sie ein Kratzen und unterdrücktes Flüstern. Vorsichtig blickte sie um die Ecke und konnte sehen, wie sich jemand im Schein einer Stirnlampe an der von den Einsatzkräften versiegelten Terrassentür zu schaffen machte, erkannte aber nur undeutliche Umrisse. Plötzlich zerriss ein lautes Klirren und ein Schrei die Stille.

Jule griff nach ihrer Dienstwaffe, schlich unter äußerster Anspannung um die Ecke, wohl wissend, dass sie sich in Todesgefahr begab. Sekunden später sah sie, wer sich da an der Tür zu schaffen machte. Ohne eine einzige unnötige Bewegung oder ein Geräusch zu verursachen, steckte Jule ihre Dienstwaffe zurück in das Brusthalfter und machte sich bereit, die beiden Einbrecher auf eigene Faust zu stellen.

„Wir dürfen das nicht."
„Merkt doch keiner was! Hast du schon mal einen echten Mordschauplatz gesehen? Los jetzt! Auf drei."
„Halt! Stehen bleiben! Kriminalpolizei!", schrie Jule, richtete ihre nach vorn gestreckten Arme, die Hände zu einer Pistole gefaltet, auf die Einbrecher und gab sich größte Mühe, ernst zu bleiben, während sie in die entsetzten Gesichter der beiden Jungs blickte.

21

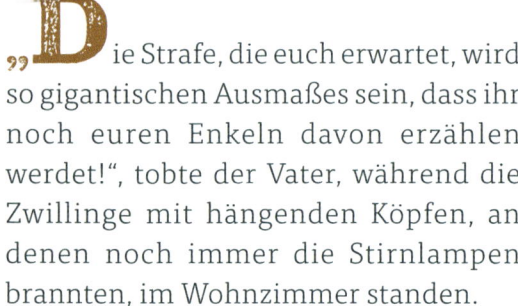

„**D**ie Strafe, die euch erwartet, wird so gigantischen Ausmaßes sein, dass ihr noch euren Enkeln davon erzählen werdet!", tobte der Vater, während die Zwillinge mit hängenden Köpfen, an denen noch immer die Stirnlampen brannten, im Wohnzimmer standen.

Jule stand in der Tür. Die beiden Jungs taten ihr fast ein wenig leid.
„Was habt ihr dort überhaupt zu suchen gehabt?", schrie Herr Fleischmann händeringend.
„Wir wollten den Fall aufklären."
Herr Fleischmann raufte sich verzweifelt die Haare und blickte Jule entschuldigend an.
„Wir haben gesehen, wie die Hex..., Frau Krause, am Samstag aus Herrn Peters

Haus gekommen ist", sagte einer der Brüder.

„Und haben uns da schon gewundert, weil Herr Peters keine Plätzchen bäckt", ergänzte der Zweite.

„Wieso Plätzchen?", hakte Jule nach.

„Die Krause hatte Plätzchen dabei, antwortete der Erste.

„Seid ihr euch sicher, dass Frau Krause Plätzchen dabeihatte?"

„Ja! Bombensicher!" Er zeigte auf das Fernglas, das um den Hals seines Bruders baumelte.

„War sie allein oder hatte sie ihren Hund dabei?"

„Allein", antworteten die beiden im Chor.

Jules Herz begann zu rasen. Sie rannte aus dem Haus und wählte Max' Handynummer. Es klingelte und klingelte, bis Max endlich abhob.

„Max!", schrie Jule ins Telefon „du musst sofort ins Krankenhaus! Sofort! Und lass dich auf eine mögliche Vergiftung untersuchen!"

„Darf ich Ihnen auch einen Kräutertee anbieten? Eine Spezialmischung meines Mannes, die sehr gut hilft, wenn der Sandmann nicht kommen mag. War all die Jahre der Verkaufsrenner in unserer Apotheke", bot Frau Krause Jule an, während sie mit dem Rücken zu ihr das Teesieb mit einer Teemischung namens „Guadnacht" befüllte.

„Danke, aber ich bin noch im Dienst", antwortete Jule und überprüfte die Uhrzeit auf ihrem Handy, während sie aus dem Küchenfenster blickte.
Im Haus gegenüber schwankte der aufgeblasene Schneemann mit einem breiten Grinsen lautlos auf dem Garagendach.

Noch fünfundvierzig Sekunden bis zur Show, dachte Jule.
Auf die Sekunde genau erwachte Dahlienweg 13 zum Leben, und Jule konnte mit eigenen Augen sehen, was Frau Krause von der Show hielt.

„Nein! Nein! Nein! Er ist doch tot! Tot! Zum Speien ist das!"
Mit einem lauten Klirren zerbarst die handbemalte Porzellankanne auf den Küchenfliesen, doch Frau Krause kümmerte es nicht, sie zeterte, was das Zeug hielt, und zeigte mit zitterndem Zeigefinger aus dem Küchenfenster.

„Das soll der Geist von Weihnachten sein! Kitsch! Müll! Pfui Deibel!"

Während Frau Krause sich noch über die Show ereiferte, leuchtete eine Nachricht von der Rechtsmedizinerin auf Jules Handy auf, eine Vergrößerung von den Abdruckstellen im Mundbereich des Mordopfers.

„Sie wollten Herrn Peters mit Plätzchen vergiften, deshalb haben Sie die Plätzchen am Samstag auch wieder mitgenommen."

Frau Krause sah Jule aus wasserblauen Augen eindringlich an und hörte auf, ihren Hund zu streicheln, der sich neben sie auf das Ledersofa gelegt hatte.

„Fräulein. Für etwas, das man tun wollte, kommt man nicht ins Gefängnis. Wo wären wir denn da?", antwortete sie und strich sich eine silbergraue Haarsträhne aus dem Gesicht.

„Ein wunderschöner Ring", sagte Jule nach einer langen Pause und blickte auf den Brillantring, der an Frau Krauses Mittelfinger glitzerte.

„Vielen Dank!" Sie streckte Jule lächelnd ihre Hand entgegen. „Viktorianisch. Ein Einzelstück. Ein Geschenk meines verstorbenen Mannes. Gott hab ihn selig."

„Herr Peters ist erstickt, jemand hat ihm mit Klebeband den Mund verklebt und draufgedrückt, so lange, bis er tot war." Jule machte eine kurze Pause. „Der Täter trug genau so einen Ring." Sie zeigte auf den Brillantring, den Frau Krause sofort erschrocken zurückzog, und fügte hinzu: „Die Abdrücke im Mundbereich des Opfers sind identisch mit dem Muster Ihres Ringes."

Von Frau Krauses gerader Haltung war nichts mehr übrig.

„Die Haustür war nur angelehnt, ich fand ihn blutüberströmt am Fuß der Kellertreppe. Erst dachte ich, er wäre tot.

Aber das war er nicht ganz. Er war nur bewusstlos." Sie blickte Jule an und strich so fest über das Fell ihres Hundes, dass dieser kurz aufheulte und aufsprang. „Ich sah das Klebeband im Regal und hab ihm damit erst die Hände gefesselt, dann seinen Mund verklebt und feste draufgedrückt. Er hat noch ein bisschen gezuckt, dann war er weg."

„Und dann haben Sie das Wohnzimmer durchwühlt und es nach einem Einbruch aussehen lassen", stellte Jule fest. Frau Krause schlug sich beide Hände vors Gesicht und schluchzte auf.

„Ja, ja, ja. Das hab ich. Und dann hat ihn niemand gefunden. Dann lag er da. Tagelang. Und das geht doch nicht, das stinkt doch, das kriegt man doch nie wieder aus dem Haus! Da hab ich den Zweitschlüssel genommen, aufgesperrt und sofort die Polizei gerufen, damit sich jemand drum kümmert!"

Dann begann Frau Krause aufzuräumen, denn es sollte alles ganz ordentlich sein, während sie im Gefängnis war.

„Und woher hatte sie das Arsen?", fragte Max und griff nach dem Bettgalgen, der hinter seinem Krankenhausbett an der Wand befestigt war.

„Aus ihrem Medizinschränkchen. Sie hatte einen ansehnlichen Vorrat davon aus der Apotheke ihres verstorbenen Mannes. Dessen Todesumstände werden jetzt übrigens auch noch einmal untersucht", antwortete Jule, schüttelte das Kopfkissen für Max auf und legte ihm ein rotes, verknittertes Geschenktütchen auf die Bettdecke.

„Langsam verstehe ich den Humor unserer geschätzten Kollegen", sagte Jule, während Max in das Tütchen griff, „aber ich glaube, du kannst mit meinem diesjährigen Wichtelgeschenk mehr anfangen als ich." Und dann fügte sie lächelnd hinzu: „Für dich. Von Herzen."

Max bedankte sich und versicherte mit einem schiefen Grinsen, in Zukunft etwas achtsamer in der Auswahl seiner Futterquellen zu sein, während er Jules Geschenk, ein Gehirn aus Fruchtgummi, eingelegt in eine Fruchtsauce mit Erdbeergeschmack, auf den Nachttisch stellte.

Kurz nach Mitternacht verließ Jule das Krankenhaus. Die ersten Schneeflocken rieselten auf die Erde herab und Jule streckte beide Hände in den Nachthimmel. Sie ließ die Eiskristalle in ihre Handfläche segeln und beobachtete, wie sie auf ihrer warmen Handfläche schmolzen.

Die Klänge von „Bohemian Rhapsody" drangen gedämpft aus dem Inneren eines Rettungswagens zu ihr hinüber. Sie holte ihr Handy aus der Jackentasche und wählte die Nummer ihrer Schwester in den USA.

„Hey, Schwesterherz, wann landet dein Flieger? Ich freue mich so auf dich!"

Impressum

© 2021 arsEdition GmbH, Friedrichstr. 9, D-80801 München

Danksagung

Diesen Adventskrimi gäbe es nicht ohne Dido Nitz – danke für dein Vertrauen und die tolle Zusammenarbeit. Ein besonderer Dank gilt meiner Agentin Luisa Straub für die stets wunderbare Betreuung. Ein herzliches Dankeschön geht an die fantastische Sylvia Englert und ihre Schreibgruppe. Danke, Michael, für den Polizei-Check. Danken möchte ich auch Bettina Ricklefs, Denis Basovic, Elvira Basovic und Charles Brown für die wertvollen Hinweise als Testleser, eure Liebe und Unterstützung.

Text

Nina Brown

Bildnachweis

Cover: Shutterstock.com/EvgeniiAnd; Undrey
Innenteil: Shutterstock.com/Motortion Films; Hein Nouwens; Jing H; Pravosudov Yaroslav; Olha Yefimova; NILA SALINA; Piotr Piatrouski; New Africa; Niki Khun; Alex Stemmer; Xenia Tishchenko; EvGavrilov; Helen Filatova; Oleksandr Yakoniuk; Pichukova Ekaterina; EvgeniiAnd; Imanova Irina; StGrafix; Forance; Northwoods; Triff; Kichigin; K.Chuansakul; Undrey; sirtravelalot; Mindscape studio; Fer Gregory; Jaromir Chalabala; kitzcorner

Cover- und Innengestaltung: Marielle Enders, www.itsme-design.de

ISBN 978-3-8458-4230-1
1. Auflage

www.arsedition.de

MIX
Papier aus verantwortungsvollen Quellen
FSC® C002795